COUDRIN– l'enfant noir

LES 4 JUMEAUX MALÉFIQUE et les 2 orphelin v1

 MISE EN GARDE

les livres de la collectiON
ENFANT NOIR peuve contenir
des scène de violence physiques
moral et séxuelles nous rappellon
au lecteur et lectrice que
cette collection et destiné
a 1 public majeur et responsable
la marque ENFANT NOIR et pas
 tenu responsable de vaux
achat et ne peut en
aucun cas être poursuivie

CHAPITRE 1 TRIBUNAL POUR LA 11 FOIS
Bon maintenant les 4 jumeaux HUGO.ALLAN
.THOMAS et LUCAS je vais
finir pas vous placé en centre
fermé pour mineurs 11 famille
d'accueils en 3 ans Je sais que c'est
durs mais la vous dépasser les limite
(STRANGULATION UTILISATION D ARME A
FEU COUTEAUX DIR VERT TAILLE COUP DE POING DE PIED)
Et lc dernier coup vous avez coupé les doigts
et le pénis d'un garçon de 8 ans.Vous rendez-vous
compte il est stérile et il lui manque 4 doigt
et en plus vous l'avez rendu eunuque vous
croyez quoi que je ne suis pas au courant de
toutes vaux actionne je sais tous de vous 4
(QUI A TUE NOS PARENT VOUS QUI SAVEC

ALLEE DIT LE NOUS VOUS OSE DIT QUE VOUS
S AVE TOUS ALLOR LA VERITE MERDE A LA FIN)
GARDIEN RAMMENE LES en cellules tous les 4 mercies.

CHAPITRE 2 PLACEMENT FAMILLE HOEDIE

Bien vous s'étre tous calmé alor voila vous allez
être placé chez la famille HOEDIE ils j'habite a nantes
et cette fois ci HUGO et THOMAS vous allez être
hospitalisé à la clinique JEANNETTE LE RET vaux résultat
d'analyse son très mauvais bien vous être
transférés dans moin de 7 minutes.(2 heures plus tard)
BIENVENUE MES LOULOUS a la maison HOEDIE
on espère avoir de belle aventures avec vous
et surtout que vous allez vous plairez ici venez
on va vous montrez votre chambre je vous
pressente ALPHONSE et EDOUAR ils font
s'occuper de vous pendant certe semaines
j'ai rdv a la clinique JEANNETTE LE RET demain
à 6h50(DRIN DRIN DRIN DRIN MAMAN
MAMAN LÈVE TOI PITIÉ LEV NON LACHE MOI
Tien moi tien moi EDOUAR je suis la tien
moi fort on et la reste tranquille je suis
la JE vien de les emmener dans le jardin.
ON arrive mercie ALEX Allée EDOUARD vien
on va rejoindre les autres.Voila attend
je m'assois voila assieds toi sur mes
genoux QUENTIN tu permet EDOUARD
mert-toi la je revien dans 10 minutes
ALEX je sais ceux que tu va dit mais on
pars quand même dans 4 heures en
affrique ok j'ai mon ex qui travaille
à la clinique JEANNETTE LE RET au
service des orphelin et puis je t'ai
promis qu'on partira alor on
partira je tien toujours mes promesse
MR PICOT OUI elle et dcd crise

cardiarque MERDE elle devais
étre hospitalissé certe semaines
voila les papiers son medecin traitant
et 1 certains DR PALAUD Je vois qui
c'est on et amie depuis l'enfance on
va vous demandé d'accompagniér
tous les enfants de la victime a la
clinique JEANNETTE LE RET pas précossion.
CHAPITRE 3 EQUIPE LE RET
VRIIIIINNNNNNN ALLOR DR LE RET 1
minutes PAPA PAPA hEIN L'hopital
ALLO on arrive MUDOUME MUDOUME
hein 1 URGENCE a la clinique YEUX NOIR
NUMERO 1 tien tu donnera certe
éttiquette a LK elle saura qu'oi fait OK
et vous allée a la plage demain aprés-midi
GROUHM PLOUF la prochaine fois
qu'ont sauve 1 clinique fait moi pensér
a formé 1 équipe de nuits pour toutes
ces connerie urgence a la con.Bienvenus
dans le médical méme la nuit.BON
allor certe hein mais on avais rdv A
ok crisse cardiaque fulgurant dcd sur
le coup OK elle avait 6 enfants à charge
ELLE avait qu'elle âges LA vache 29 ans
elle etait famille d'accueils et apparemment
elle a survécu à 4 ,cancer et a 2 tumeur
cérébral bon on va voir les enfants salle 4
et 15 tien y en a 2 en salle aseptique bizarre
Allon voire STOP il et 4 heures du matin on
risque de les réveiller et en plus on va avoir
le conseils qui vont nous tomber dessus à
cause de ce dcd ON avait beaucoup de cas
covid-19 et puis on est pas la seuils clinique
a ce partagés tous ces malade OUI mais on
les soigne super rapidement ON et que
des clowns l'erreur ça peut aussi nous

arriver et puis on ne peut pas toujours
avoir le bon diagnostique.

(LENDEMAIN PASSAGE DEVANT LA
COMMISSION D'ENQUÊTE)MESSIEURS

DAMES assiér vous bien on c'est rassemblé
ici pour le dcd soudain et inéxplique d'une
partie qui devait se fait aujourd'hui à midi
allor comment ce fait t'il qu'elle sois dcd
avant l'arrivée à l'hôpital et que ces 6 enfants
adoptif son dont gardé dans nos mur.
OBJECTION 2 enfants son en salle aseptique
contre leurs volonté 1 problème sanguin en
et l'origine pour les 4 autres ils sont en état
de choc,Sévère on na tu les placer sous
traitement lourd leurs états et jugée
préoccupant au moin 3 sur les 4 ne
survivront pas a certe nuit.LA commission
decide d'interdit les DR LE RET a
approché des enfants de la victime
dcd jusqu'à nouvel ordre FIN DE RÉUNION.

CHAPITRE 4 LES P TIT DIABLES

Ils faut qu'on soigne les 3 partis BINGO
nos 3 p'tit diables on aussie le pour voir
de guérire j'ai les.PAS ICI on est surveillé
pas les caméra dehors on sera plus tranquille
pour discuter et à l'abrie des regard indiscret
allon ci c'est bon on et au milieux du parc n'aurai
pas pu trouvé plus simple MAINTENANT
(GHROUM) MAMAN vient la toi les gars on
a besoin de vous pour guérire 3 enfants
mal en point mais cette fois on ne pourra
pas vous aider ils va falloir vous débrouiller
tous seuls.STOP vous aurez vaux friandise

après le boulot MIAM MIAM Allée au travaille
et pas de bêtise DIT TON tu et encore puni
P'TIT DIABLES numéro 2 c'est la 7 fois en 5
semaines je vais finir pas allée en classe avec
toi aller au taf dépêche-toi

(11 MINUTES

PLUS TARD ARRIVE EN SALLE ASEPTIQUE)

HIM HIM HIM HIM HIM HIM HIM HIM HIM HIM
Voila DR PALAUD mercies les 3 p'tit diables
mais vous ne devriez pas être à l'école Pas
ci mais MAMAN et PAPA nous ont appelés
ils sont encore fait 1 bêtise et ils sont puni
BRAVO PAPA MAMAN Allée filé et pas de
bêtise dans la salle de bain.

CHAPITRE 5 le JUGE CONTRE L'ÉQUIPE LE RET
BONJOUR MERSSIEURS je suis le juge respponsables
des 6 enfants qui son dans votre ettablissemment
depuis 2 semaines j'aimerais s'avoir d'abord ci ils
font bien et voici les papiers pour qu'ils sois
tous placé STOP sa déclare que tous les enfants
serai séparé des autres OUI on manque
de perssonnelle et d'ettablissemment
d'accueils.ON peu avoir 1 delais surplemmentaire
NON ils seront placé demain matin a partir
de 7 h montre en main aurevoir messieurs
ON va avoir bessoin d'aide les p'tit diables
sa va nous couté chér on et de nuits 5 fois
et merde les yeux noir et les p'tit diables
vont pas nous voir beauçours.OUI c'est la
merde ils font encore nous le faire payés
HUM LK HE bonne ideé(GROUHM) Vous
avéc bessoin de moi OUI on envois les
yeux noirs et les p'tit diables en vacance

chéz les PALAUD on et de nuits et on
a bessoin de toi en urgence OK je toi
faire quoi.NOUS surveillié.C'est 1 blage
c'est pas droll mon dieux vous avéc
1 idée dérriére la tété j'envois NON
je m'en occuppe VOILA c'est envoiyés
je lui ai tous dit c'est envoyés AUSSIE
a son p'tit frére comme sa on ne ce
fera pas engueulé comme quoi on ne
leurs a pas envoyés de justificatif à tous
les 2 cette fois ci.P'tit diable
numéro 2 vient ici OUI Tu va te téléporter
d'abord à la maison récupère les
3 yeux noirs et téléporte tous la
compagnie chez les PALAUD ils
sont au courant(GROUHM) NOS 2
autres p'tit diables vous récupéré
les 6 enfants téléporté les directement
chez les PALAUD ils sont au courant
GROUHM Parfait plus ils devienne
grand plus je me sens vieux mon
dieux les années passent trop vite OUI
tu a raison, c'est le même ressenti à propos de nous 3 on prend du
poids
bon allons ci STOP je vous accompagne
puisque je dois vous surveiller.

CHAPITRE 6 Arrivée chez LES PALAUD

ALLOR il GROUHM OU la les yeux noir
allée sur le canapé et p'tit diables vien
la HUM oui je vais de changé DIALETE
et numéro 9 je vous laisse les mettre
en tenue de soirée OUI pére NON
DIALETE va préparé les change pour
les 3 jours dans la chambre des p'tit

diables OK excellente idée mercie
allée p'tit diable numéro 2 PLOUF allée
a 4 pattes ecarte bien les cuisse
OOOOOUUUUU je prend le 1 trou.
ÇA tombe bien je m'occupe des
matière liquide et graisse.Mon
dieux 3 anus différent et en plus
ils faut les aider pour les vidange
heureusement que pour pisse
ils n'ont pas besoin d'être aidé
mais quand ils sont en manque de
sommeils ils sont infectés.

(3 minutes plus tard)
Allée p'tit diables numero 2 c'est trés
bien tu et tous propre ce soir pas de couche
et oui tu vien avéc nous en soirée PAPA
j'ai fini d'habilié les 3 jeunes yeux noirs
PARFAIT tu peu les emmenez dans la salle
de restauration GROUHM GROUHM OU la sa
a tu fait mal HIM HIM HIM HIM HIM voila allor
les gars ils vous ai arrivée.ON ET OU PUTAIN
ILS NOUS ON EMMENEZ OU STOP tu calme
tu et en sécurité je m'appelle Bastien et
voila mon grand frére sebastien PALAUD
on et les propriétaire de certe éttablissemment
tu a rien a graindre ni toi ou tes fréres on sais
qui vous s'étre on na tous vaux dossiers
DONT tu reste calme et tout ira bien d'abord
on va vous aidé a changé de vêtement
ce soir ils ya 1 anniversaire OK mais avant
on aimerais savoir pour qu'elle motif on
a été téléporté.VOUS devez être séparé
et partir chacun dans 1 famille d'accueils
dont on vous a transféré ici pour évité
d'être séparé BON les p'tit diables
numéro 1 et numéro 3 venez avec moi

NUMÉRO 9.2 et 9.3 venez OUI PÈRE
voilà les nouveaux vêtement je
vous laisse préparé nos invité pour
l'anniversaire de ce soir.Numéro 9.4
vient prendre les vêtements sales et
amène des bassines s'il te plait.OUI tonton.

CHAPITRE 7 INCENDIE DANS L'auberge + 6 blessé grave

(24 HEURES PLUS TARD) DRING DRING DRING
DRING ALLLEE tous le monde dehors vite
allée allée PIM POM PIM POM PIM
ECARTE-VOUS C EST DANGEREUX ECARTE-VOUS
BON SANG.PUTAIN NON mon auberge je
venais juste de fini les peinture(SEB)
je ne sais pas ceux qui c'est passée l'incendit
c'est déclaré au grenie et BOUM BOUM
BOUM BOUM GROUHM Tous le NON sa ne
va pas LK regarde dont GROUHM GROUHM
HUM HUM HUM HUM AAAAAAHH TU ME
TOUFE PARDON EXCUSSE NOUS on vien
de sortie 6 enfants des decombe ils son
dans le coma et gravemment brulé au 7
et 10 degré d'après le médecin ils son très
peu de chance de se sentir sortir voilà les
Pendant QU'ILS NOOOOOOOOOOOOOOOOOOON
ou sont ils on les NON envoyés les a.
ENVOYEZ LES A la clinique JEANNETTE
LE RET A PONTIVY Maison et les gérants
ont a aussie 1 service des grand brûlé DIT
qu'elle que chose MUDOUME ce sont
nos 6 enfants ils sont tous dans cette état
AIDE MOI allé si OK on ce retrouve la-bas.

CHAPITRE 8 DECISION

ATTENTION ECARTE-VOUS mon DIEUX envoyés

les dans les chambres sterile et fait attention
NON pas de perfussion on risque de les tué
d'une simple coupure ou perfussion ils ya 6
partien tous dans le coma artificiel pas obligation
trés peu de chance de sens sortie pour
au moin 5 d'entre-euxGROUHM GROUHM
GROUHM GROUHM GROUHM hein mais que
WOUHA o putain.HEIN DR COUTURIER
et DR MOULES
C'est moi qui les
ai téléporté on ne poura pas a 3 soigniér
toutes ces bléssure graves on et 5 on devrais
pour voir en guérire 5 assez rapidement
les 3 super 19 ans vous arrêtez toutes l
es hémorragie SEB et moi on s'occuppe
tu reste YA pas a discutés MUDOUME et
moi on peut avaler des cadavres humain
pour se régénérer contrairement a vous
dont nos pour voir de guérison sont beaucoup
plus efficace que les votre ELLES allon ci
POUR les p'tit diables pas la peine de soigner
les brûlures arrêté que les hemmoragie
eu aussie on la capacité de manger des
cadavre humain OK bonne chance.

CHAPITRE 9 COURSE DANS LA PRISON DE RENNES

GROUHM GROUHM PUTAIN dé BROUM
BROUM NON pas celuis la SEBASTIEN LE RET
on n'en ora bessoin pour lers p'tit diables
LES gars on vien de finir les 3 p'tit diables
mais leurs hemmoragie arrette pas de
ceux déclanche quant il son en position
assie on les a mis dans la méme pieces
MES loulous BONNE APPETIT ahhhhhhhhhhh
grouhm gouhm gouhm bon dans 3
quard ' heure on aura 1 réponce positive

OU PAPA MAMAN A ou la HUM 3 SECONDE
VOILA LE DESSERT AHHHHHHHHHHHH
HHHHHHHHHHHHHH GROUM GROUM
Allor voila la c'est mieux LA vache on
On dirait qu'ils peuvent maintenant nous aider à
soigner les 3 yeux noirs LES GARS OUI
on sort ils vont devoir travailler OK Mais
Tu veux leurs servir de dessert NON on
ira A TOUS TA L'HEURES MES LOULOUS.

CHAPITRE 10 GUÉRISON TOTAL

(3 jours plus tard) BRAVO mes loulous on
et trés fier de vous 3 mais on na encore
1 boulot a faire HEIN diables numéro 2
TOI et moi avon 1 super rdv avéc 2 connard
dont 1 que tu a envie d'enculé avéc dont
super sexe tan fait pas(SEBASTIEN PALAUD)
aura enfin l'occasion innéspéré d'enculé 1
de mes momes adopté depuis le temps
qu'ils ose dire que je suis tro gentie avéc
les diables et les yeux noirs.Mais pére
on ne connais pas l'origine CI regarde
tu vois chaque diables a se con appel
1 oeils au beurre sales quant ils dorme
oeils au beurre sales enregistre tous
ceux qui ce pass autour d'eu quant ils
dorme ou dans le cas de p'tit diable ,
numéro 2 il a été assommé et oeils
au beurre sales a tous enregistrés et
qui voila HUGO et ALLAN les p'tit con
allor voila comment ils sont declanché
l'ingendit.JE te r'appelle que les 2 connard
que tu parle son nos gosse ceux qu'ont
vien d'aptoté et connaissant bien BASTIEN
et SEBASTIEN PALAUD ceux qui font se
prendre des coup de sexe dans l'anus

c'est nous 2 étan donné que c'est nous 2
les parent des 2 connard en question alor
je propose qu'on restaure leurs auberge
à nos frais vu que les 2 connard d'incendier
son nos gosse quand pense tu EXCELLENT
idée grand-frère mais après la rénovation
les PALAUD pourront se faire plaisir séxuellemment parlant

CHAPITRE 11 TRAVAUX À L' AUBERGE PALAUD
BON les p'tit diables allée aidé les PALAUD
a enlevé tous ceux qui et en boisson na préparé
l'incinérateur WOUAH ON peut mettre jusqu'à
7000 kilos de bois allée foncé au taf GROUHM
GROUHM p'tit diable numéro 2 toi tu reste avec
moi j'ai 1 boulot plus difficile pour toi tu va
bien t'amuser allée vient.Les yeux noirs vous
allez préparer les couches et les changes pour
les diables et pour vous aussie soit 1 total
de 80 couches et changes allée au travaille
SEBASTIEN LE RET vous attend pour que ce soir
on puisse enfin passer a autre chose ça fait
48 heures qu'ont et la.ALLÉE rentre p'tit diable
numéro 2 à 4 pattes soulève ta chemise de
nuits et oui tu a encore fait pipi au lit ne dit
pas que ces tes 2 fréres ils dorme sur LK et
SEBASTIEN LE RET CLAC CLAC CLAC AY AY
AY AY AY CLAC CLAC réspire profondémment
HOUM HOUM CLAC CLAC CLAC CLAC Allée
ouvre la bourche voila avale tous ce sperme
et a l'avenir tu ira au toillette aprés ton
lavemmment anal j'espére que c'est bien
claire maintenant tu sais ceux qui t'attend
c'est la dérniéres fois que je te prévien la
prochaine fois ce sera devant tous le monde
ta compris.OUI PAPA.Allée la chemisse de
nuit au lavage et tu reste cul-nu jusqua 19h
c'est clair.OUI PAPA.Parfait tu reste la

je vais mettre les draps a tournée ensuite
direction le pc pour les factures et les
dossiers a rangé non tu sera assise sur mes
genoux jusqu'à 19 h interdiction de bouger de mes genoux.

CHAPITRE 12 PLAGE du FOZO ET CONSULTATION CLINIQUE
JEANNETTE LE RET

ALLÉE les bosseux collé vous a nous les
adultes voilà près on n'y va GROUHM Voila
allez tous à l'eau et pas de comédie on
vous laisse 10 heures de repos je vais
chercher les 3 autres je ne sais pas a
quelle heures je revien a tous ta l'heures
SÉBASTIEN LE RET bonne chance Mercie
MUDOUME LE RET ghroum.Bonjour
messieurs.dame partie numéro 1
OUI entrez bien c'est quoi qui vous
amène VOILA mon fils a été mutilé
par des voyous et aujourd'hui il ne touche
aucune allocation handicapée et on
n'arrête pas de nous dire que son dossier
ne pass pas je suis en manque De solution
dr TU calme assie assie toi mon choux
OU la les doigts hum ça c'est possible de
les refabriquer ou d'en NON les autres
médecin non précisé que les 3 heures
était dépassé JE vois Mais ce né pas la
raison de notre venu aujourd'hui les voyous
lui on coupé également ces partie
genital AY sa pas contre je pense pour
voir fait qu'elle que chose la je crois
que mes compétence serait utile
voici le formulaire à remplir pour les
examen approfondi on peut essayer
1 solution je ne vous garantit pas
que sa fonctionnera mais ça ne

goûte pas grand-chose d'essayer
la sécurité sociale prend WOUHA 20
POURCENTS des 27.555 euro mais
je vais vous fait 1 offre de paiement
en 4 fois sans frais par paypal bien
sur en amie cela ne vous rajoute que
50 euros de frais de sécurité en cas
de problème c'est bien mieux pour
vous comme pour moi je vous laisse
24h à plus tard mon choux allée numéro
2 OUI allo c'est quoi qui vous amenez
voilà le problème ou dit ton mon gars
tu ne fait pas dans la dentelle JE suis a
la recherches de mon frère jumeaux il
a la même marque de naissance je sais
que c'est 1 faible indice HUM je ne peu
rien pour vous SI j'ai besoin d'un certificat
pour 1 prise de sang PAS DE PROBLÈME
je vous envois vers mon confrère qui bosse
dans l'autre unité c'est lui qui s'occupe des
prise de sang voilà l'étiquette a donner
pour la prise de sang.

CHAPITRE 13 LES 4 JUMEAUX

GROUHM Allor les 4 jumeaux prêt pour
la semaine prochaine vous avec beaucoup
de chance d'aller à la plage pour 3 jours entier
surtout HUGO et ALLAN et THOMAS et LUCAS
vous allez dans l'équipe de fusion et
samouraïs Ils parait qu'ils sont assez particulier
mais très sympa je ne les ai vu que 3 fois
ils sont bosseur o moin vous n'allez pas vous
ennuyés SÉBASTIEN LE RET sur mon
chantier ET oui les chosse change je
n'avais plus que 3 dossier je vien passé
le balais et l'aspirateurs désormais OK

tu connais la maison Je peu te parlé
en privée de chosse séxuelle rien ne
vous concernant les 4 fantastique ILS
semble ne pas ceux rendre compte de
quoi que ce soit on va arriver à les sanctionner
les 4 sans violence mais comment ce
fait t'il que l'équipe de fusion et samouraïs
son concerné BONNE question mais ils
me semble que les frères de fusion sont
gays je suis sur que sur 2 les autres
j'ai entendu parlé d'eux mais rien de sérieux.

CHAPITRE 14 EQUIPE FUSION DE LA MORT ET ÉQUIPE
SAMOURAÏS

BONSOIR la compagnie OU la je présume
que ce sont DIT t-on Fussion tu a pas oublié
1 OUF pas oui les cadeaux et les cartes
postal que ta jamais envoyés malgré
mes relance ARRÊTE de vous disputé
PROCAL a tu l'album photos.LE voici
tenez les grand numéro 4 et grand
numéro 8 OU la des nouvelles équipe
STOP je te pressente THOMAS et LUCAS
ils parte avec vous ÇA tombe bien on
était juste venu vous apporter l'album
mais la ils faut qu'on repart les autres
n'aime pas attendre ils sont pressé d'être
en normandie.TOUJOUR a courir NON
On a rencontré FLAMMÈCHE sur la route
1 jeune homme très musclé il a 1 bracelet
qui lui permet de maintenir 1 incendie
pendant 2 minutes pratique comme on
se déplace sans arrêt au moin il ya pas
besoin de briquet. JE TE pressente
l'équipe LE RET composé pas les 3 grand
chefs LK MUDOUME LE RET et SÉBASTIEN LE RET

insict que leurs enfants.Les 3 yeux noirs
les 3 p'tit diable les 4 jumeaux HUGO.ALLAN
THOMAS et LUCAS et les 2 autres jumeaux
EDOUAR et ALPHONSE GHROUM GROUHM
GROUHM Parfait alor laisse moi présenter
mes compagnon de route EQUIPE LE RT on
vous pressente PETIT MOINE BRAS DE FER
ANUBIS APROCAL PROCAL et FUSION
DE LA MORT que des homme HUM trés
appétit sans Vous arrétte les éxecité séxuelle.

CHAPITRE 15 DÉPART DE L'ÉQUIPE FUSION ET DE L'ÉQUIPE SAMOURAÏS

LES enfants sauf les 3 p'tit diables vous resté
sur vaux chaise.ALLÉE au lit et pas de bétise
attention les 2 jumeaux maléfique ce soir
vous dormez dans notre lit comme ça on
pourra mieux vous surveiller les bêtise
la nuit vous être assez fort BON les jumeaux
nous on iva dit bien au revoir A plus les
s'amie on vous renverra faux jumeaux
pas téléportation AU REVOIR GHROUM
GHROUM OUF bon vous laissé la vaisselle
sur la table on fera la vaisselle demain
matin.OK allée es 3 p'tit diables on vous
autorise à nous téléporté au mobil home
mais vous échappera pas à votre lavemment
anal GROUHM bien sur la terrasse remarqué
ils fait bon ce soir allée a 4 pattes o moin on
aura pas bessoin de sac-poubelle on et a
coté tu composte(7 MINUTES PLUS TARD)
et voila mes chéris STOP p'tit diables numéro 2
Allés sur mes genous toi les 2 suppossitoire
adultes tu i échappe pas

NON LAC PAF MAMAN
MAMAN AY AY NON LACHE MOI LACHE MOI

reste tranquille NON LACHE laisse LK je
le prend tien on échange allée vien MERDE
ils son tous malade ils son brulant je ne
sais pas qu'elle en et la causse en tous
cas ils son en train de déliré on va devoir
se téléporter à la clinique on n'a pas le
matérielle à quoi ici et les pour voir
de guérison NE fonctionne pas.OK pourvu
qu'ils ne dorme pas SOS GHROUM LES
garçons ça tombe bien DIALETE et super
malade on na tu mal a trouvé il délire et
parle la nuit avec sa langue d'origine et
(BASTIEN) Les notres son malade aussie
MYRLAINE d'ailleurs ils semble avoir les
même symptômes je téléporte DIALETE
ici Peux tu prendre JIM en même temps
comme ça on gardes vaux 4 jumeaux
et les yeux noirs AUCUN problème GHROUM
messieurs madame Arrête de faire du
charme GHROUM les revoilà partie pour 1
tours ils devrais penser à s'abonner au
urgence O QUE oui.

chapitre 16 neutralisé et congelé

OUF comme ils son lourd heureussemment
qu'ont avais acheté des brancard en plus.JE
m'occuppe de DIALETE il a les symptomes plus
sévére je vous laisse les 3 p'tit diables je
vous reléve demain a 10 h a demain.Bien
on commence pas qu'elle examin LAVEMMENT
anal OK le plus grade d'abord(1 semaine plus tard)
BIEN les 3 p'tit diables font CODE BLEU CODE
BLEU boui BOUI merde il fait 1 crisse je ne

comprend pas il avais réussie a ce levé ECARTE
VOUS MERDE ces quoi certe salive noir En
tous cas 1 minutes MUDOUME pense tu que
les p'tit diables ou les yeux noirs aurais u
1 relation séxuelle avéc DIALETE sa éxplique
la salive noir mais comment fait pour
BIEN SUR il revien a lui DIALETE ouvre la
bourche en grand voila SEBASTIEN LE RET
tu pass pas en-bas 1.2.3 hom hom hom
TIEN le LK Trouvé Je l'ai aussie comme
pour les p'tit diables méme virus Allée
dircrestion le congélateurs a moin 80 degrés
ils faut absolumment qu'ils ne sorte pas.

CHAPITRE 17 PLAGE DU FOZO

Allez les gars collé vous a nous 3 DIALETE
tu et en arrêt jusqu'à demain matin donc
pas de comédie ou crise de colère
aujourd'hui on va tous a la plage
jusqu'à 19h DIALETE tu sera
téléporté à 20h30 SEBASTIEN et BASTIEN PALAUD
sont d'accord de toutes façons ta
pas ton mot à dire ALLES GHROUM
vous voilà arrivée messieurs bon
je vous laisse j'ai des consultation
qui m'attend a plus.ALLEZ les gars
cul-nu et a l'eau DIALETE ils faut
qu'on parle ne t'inquiète pas tu
ne va pas recevoir de raclées ou
de suppositoire.ECOUTE je sais
que pour toi en ce moment HUM
HUM HUM HUM Allez vien dans
mes bras BON on sais que tu a
u des relation séxuelle sois avéc
1 des yeux noirs ou 1 des p'tit diables
le virus que tu a attrapé et issu

de cette relation RIEN A FOUTRE
tu et libre de fait ceux que tu veux
on sait les yeux noirs et les p'tit
diables son asséx incistans HUM
HUM Ecoute demain tu va étre
dans l'équipe de grand numéro 8
et grand numéro 4 BASTIEN et
BASTIEN PALAUD pense que tu
et en arrêt médical et hospitalisé
dont tu ne risque rien ok HUM HUM
HUM HUM ils sont devenu tellement
violent regardé mon dos voilà ce que
je subit quant ils sont super en colère
et ça peu importe le motif les 4 numéro
9 sont devenu hyper violent ils se balance
tous à la tête y compris mes affaires d'étudiant
je n'ai plus rien a moi qui sois en bonne étas
l'auberge et l'hôtel depuis l'incendie ne sont
pas forcément remplie et l'assurance HUM
HUM HUM HUM na remboursé que 8/pourcent
HUM HUM ils sont dit de ne pas en parler
sous prétexte qu'ils font trouvé 1 solution
en attendant c'est moi qui craque de cette situation.

CHAPITRE 18 interrogatoire des PALAUD

GROUHM IL se passe quoi STOP les PALAUD
on vous a téléporte SEBASTIEN vien avéc moi
dans la salle a coté mercie.BASTIEN prend
place bien on vous a téléporté pour vous donné
des nouvelles de DIALETE son étas de santé et
jugé préoccupant son systéme immunitére a
laché certe nuit et BAM BAM MERDE Mais IL
lui AH BAM STOP les PALAUD mais que vous
arrive t'il AAAAAAHHHHHHH PAF n'approche
pas de ma mére bande salaud PAF PAF PAF
BOUM Pas de chance on et 2 contre 2 allor

laissé les télépectateur tranquille PLOUF

PLOUF PLOUF PLOUF PLOUF PLOUF et pas

mon grand c'est tous ce que tu a dans le
ventre.MAMAN vien m'aidé je ne peu pas
soignié les 2 a la fois AH qu'elle mal te
téte PAPA aide maman pitié MERDE
him him him him WOUHA qu'elle mal
de tété Pas le temps de vous plaindrez
les p'tit diable numéro 1 et 3 on bessoin
de nous (NON) p'tit diables numéro 2 toi
reste en arriére tes 2 fréres MERDE HOP
HOP HOP HOP c'est bon on et en eu wouha
il et énorme celuis la aussie mais on peu
les retiré LK transforme toi tu va devoir occuppé
les p'tit diables GENIAL je me tape les plus
dangereux en plus

HAAAAAAAAAAAAAAAAA

AAA YA PAF PAF PAF PAF PAF PIF reprenez

le contrôle mes frères je ne peu me battre
contre vous vous êtes trop fort pour moi

AAAAAAAAAAAAAAAA AAAAAAAAAAAAA hum

hum mais que nous et t'ils arrivée bon
sang .VOUS avec simplement perdu le
control mais maintenant ils faut aider
vaux parent ET 2 en 1 seule intervention
voilà congélateur ouvert entrée la dans
saloperie.BON les PALAUD font se
réveiller dans 14 heures le temps que
leurs système immunitaire retrouve ces marque

CHAPITRE 19 EXAMEN DES NUMÉRO 9 ET DE DIALECTE

Bonjour les gars on sais vous étiez en
plein travaille mais on n'a pas le choix
examen approfondi de tous les 5
cherches pas a comprendre on ne vous
demande pas votre avis vaut parent
font se réveillés dans moin de 9 heures
dont vous allez criée 1 peu fort voilà
ce qu'on a retiré du corps de vaux 2
parent 2 belle saloperie alor soit vous
passez tous les examen inimaginable
soit on laisse cette chose vous tué
à feu très vive a vous de choisir
EXAMEN EXAMEN Parfait tous cul-nu
rassuré-vous les p'tit diables pass
leurs examen en même temps que
vous comme ça pas de crise de
jalousie hein les p'tit diables on
vous connais assez bien voilà pourquoi
on a téléporté les yeux noirs pour
s'occuper de vous pendant que les
ADO PALAUD pas les exams donc
pas de bêtise ou des bagarre après
vous allez pas hurlé regardé on na
les suppositoires pour adultes tenez
vous tranquille allez messieurs on iva.

CHAPITRE 20 EDUCATION DIFFERENT VIOLENCE OU RAPPORT SEXUELLE FORCE

BON les gars ils faut qu'on parle d'abord
merci de nous avoir retiré ce truc qui est
rentrée je ne sais pas commande dans notre
corps a tous les 2 on voulais vous demander si
votre façon d'éduquer vos enfants donne
des résultats la notre donne des résultat mais on

aimerait au moin pour 1 journée changé de
méthode d'éducation on veut prendre la vôtre
STOP d'abord nos enfants on entre 6 ans et 19 ans
et pour infor les 3 p'tit diables on aucune
sensaction voilà pourquoi ils porte toujours des
couches et ils sont 3 anus dont pour la grande
vidanges ils ont besoin de nous pour les yeux noirs
c'est pareils ils n'ont aucun problème pour la
vidange dans les toilette mais font beaucoup
de crise de panique pendant leurs sommeils
et surtout on leurs met des couches pour dormir
d'accord les courches ne nous coûte rien
puisque SÉBASTIEN LE RET les fabrique avec
des vieux vétemment et des torchons.ET
pour les 2 jumeaux ceux qui ont le plus de
maturité on est obligée de les attacher quand
ils sont en crise de colère noirs ca vien sans
prévenir.ET pour les 4 jumeaux maléfique
pas les 2 plus jeunes on les a envoyés dans
l'équipe de fusion et dans l'équipe de samouraïs.
ET dans votre équipe vous 'avéc 5 ado bon 4
on.23 ANS 1 grand gueuls et ils font beauçoup de
chosse d'eux méme mais pour l'hotel et l'auberge
le soir sa va l'aprée-midi sa va mais le matin c'est
a nous d'allée les secoué et de les levé et lavé
certaine fois dont on et trés content d'avoir
DIALETE PUTAIN son dos j'ai bien peu qu'li.
NON les p'tit diables se sont occupé de lui
d'ailleurs on vient d'effacer 1 de vaux crédit
bon ça nous a gouté 2 mois de salaires mais
vous allez pour voir fait 1 pause
maintenant.POUR l'éducation on verra ce
soir ce qu'en pense les concerné puis qu'ils
sont tous là tous moin l'équipe PALAUD les
nôtre non

GHROUM

GHROUM

 Maintenant
ça suffit tu LAISSE BEAU PAPA justement
ils sont des compte a rendre A vaux fils tenez
votre objet de valeurs MAIS ils venais
de casser cette montre O LK oui toi
qui sais tout réparé MYRLAINE et JIM
venez avec moi on va réparer cette objet
on sera mieux dans le labo.PLOUF PLOUF
voilà messieurs PALAUD voilà vaux préservatif
pour cela c'est uniquement la bite dans
l'anus on n'a pas encore fini leurs éducation
et c'est eu qui ont déclaré les encendit dans
votre auberge pas de violence sauf
séxuelle on vous laisse on va essayer votre
méthode d'éducation dans notre équipe
la vôtre on va les mettre au lits on leurs
a fait des examen et ils ont besoin de
dormir on leurs donne des frites et des
steak hachés et au lit pour L'équipe palaud
A PLUS TARD ON les a bien attaché aucun
risque pour vous

composition de couverture COUDRIN

DÉPÔT LÉGAL 7 OCTOBRE 2022